내 마음이 지옥 같아서

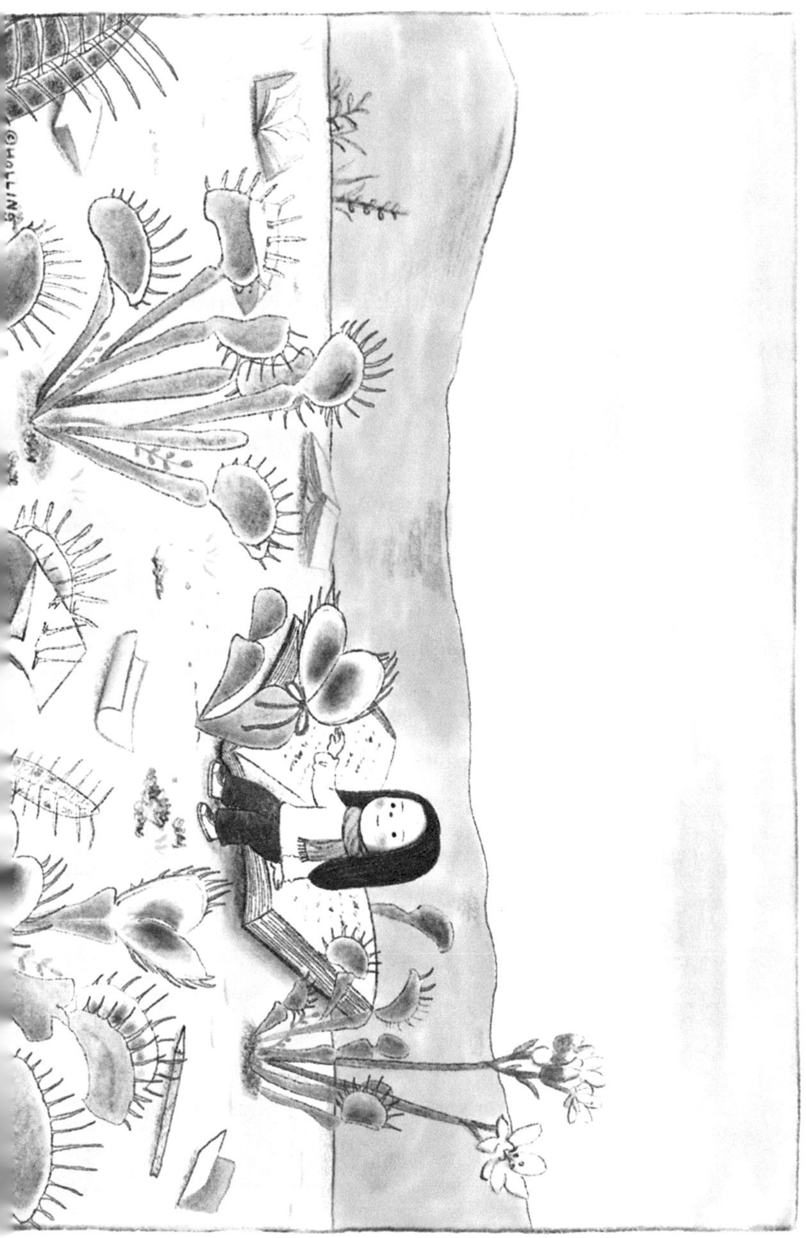
©HOLLING

시인의 말

〈내 마음이 지옥 같아서〉는 이지선의 두 번째 시집입니다.

두 번째 시집은 조금 더 저에게 솔직 하자였습니다. 첫 번째 시집은 부끄러운 나를 숨기기에 급급해 비유와 상징의 나열이었다면, 두 번째 시집은 용기 내어 끄집어낼 수 있는 만큼만 솔직 하자였습니다.

인생에 있어서 가장 많이 겪었던 감정이지 않을까라는 것을 순서대로 넣었습니다.
절망 despair, 외로움 loneliness, 다시 시도 try again

인생의 반을 절망이라는 감정에 휩싸여 어딘지 모를 길을 눈을 가린 채 걸었던 모든 사람들과 함께 하고 싶습니다. 절망을 표현하기에 너무 괴로운 시간들이어서 시를 쓰기 어려운 순간순간들이 있었습니다. 아직 저도 많은 시간이 필요한 것 같습니다.

이번 시집은 저의 주변에 계신 분들이 먼저 읽고 평을 해 주신 부분을 같이 싣게 되었습니다. 그림작가인 홀링님, 연극배우 이지연님과 배길환님, 디자이너 이상은님, 싱어송라이터 파람님. 제가 너무 아끼고 믿는 분들입니다. 함께 읽으면 그분들의 눈을 빌려 조금 더 시에 이해와 몰입을 돕지 않을까 하는 생각이었고 시인이기 전에 저를 잘 아시는 분들이기에 부탁드리게 됐습니다. 또한 일러스트들도 저의 동료인 〈부평시인〉 애니메님, 보라님, 마마킴님이 수고해 주셨습니다. 또한 〈문학고을〉 조현민 회장님 외 회원님들의 격려에 늘 감사드립니다.

〈내 마음이 지옥 같아서〉는 지옥 같았던 저의 마음과 그런 불안한 저를 옆에서 함께 걸어 준 많은 사람들의 이야기입니다. 저의 길이 여러분들과 닿았으면 좋겠습니다. 그때는 서로 인사해요. 기회가 되면 서로 많은 이야기를 나누면 좋겠습니다.

2023년 11월
시인 이지선

목차

절망 *Despair*

외로움 Loneliness

시도 Try

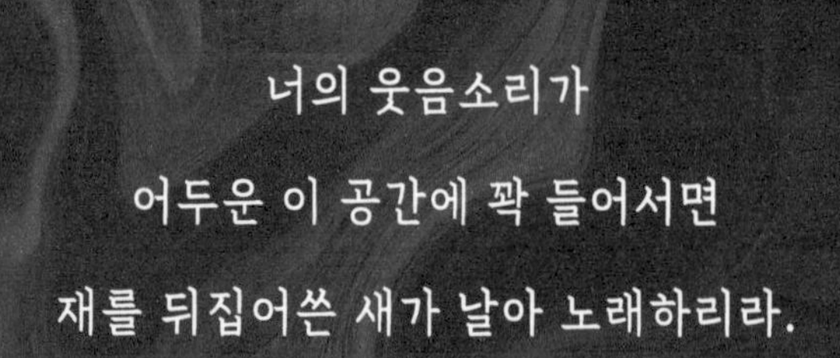
너의 웃음소리가
어두운 이 공간에 꽉 들어서면
재를 뒤집어쓴 새가 날아 노래하리라.
<불사조>

1장

절망
Despair

Illustrator Bora

달이 뜬다

분노로 가득한 눈동자처럼 뜨는 밤. 여자로 사는 게 너무 힘들다는 말들에 대꾸할 힘도 없던 또 다른 여자. 살던 시간들이 고무줄처럼 질기다는 푸념이 한없이 튕겨지며 하늘에 달이 뜬다. 거친 대지 같은 삶을 기며 견딘 여자의 혀는 밤의 중앙에서 날름거리고 또 다른 여자는 몸을 움츠리고 그 모습을 본다. 어린 여자는 휘파람같이 빈 바람처럼 달에 매달린 하얀 뱀을 그렸다. 달에 매달린 뱀의 꼬리처럼 묶여진 여자와 여자. 꼬리에 꼬리를 물고 똬리를 튼 채 밤의 허물이 벗겨진다. 떨어지면 다시 기어올라야 하는 삶을 끝내고 싶어 허공에 하얀 입김처럼 뜬 달을 붙잡고. 여자의 차가운 푸념에 다른 여자는 눈을 감는다. 밤은 깊어지고 잠들 수 없이 끝없이 펼쳐진 분노의 하늘에 휘감긴 혓바닥으로 뱉는 독이 퍼진다. 숨 막히는 밤. 서로를 가슴 깊이 조이며 하얗게 질식된다.

안될 놈

여기는 나지막한 그늘

쓰레기들이 빗물에 섞여 쌓인다

사내는 붉은 하트모양의 카드를 줍는다

쉬지 못하는 바람처럼 춥다

아무도 진짜 웃을 수 없는 도박장처럼

벗어날 수 없는 하나의 계절

흔들리는 가지에 붙어 떠나갈 수 없는 마음

불어 터진 종이를 꾸길 수 없다

차가워진 얼굴로 부딪히는 쏟아지는 기도

흐려진 시야에 들어오는 마지막 도박

그늘진 축축한 땅에 손톱을 세워 판다

처음부터 뿌리도 내릴 수 없는 썩은 땅

얼어가는 카드의 패를 쥐는 두근거림

사내는 한 번도 흔들리지 않는다

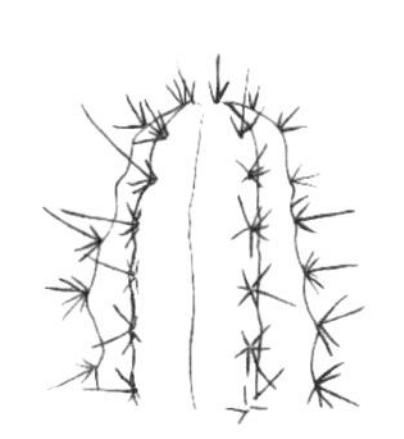

은행에서 본 남자

어두운 것도 이유가 있다. 환한 빛이 때론 아프다. 밝고 따뜻한 아침을 닮은 말들이 따갑다. 적당히 주름진 친절이 역겹다. 진심을 알 수 없는 사람의 깊이가 끝이 안 보이는 시간 같다. 줄 없이 막다른 시간에 묶여 흔들린다. 잠시의 쉼 없이 공평이라는 이름으로.

사내의 얼굴이 어두워진다. 닳아버린 목소리가 깊은 동굴로 기어 들어간다. 쭈뼛거리는 사내의 등 뒤로 빛 같은 시선이 꽂히면 주섬주섬 챙겨진 그림자를 꺼낸다. 구걸하는 구부정한 빛이 닿지 않는 긴 행렬 끝에 선 사내의 꼭 쥔 주먹이 부서질 듯 아프다.

습한 동굴 안에서 내미는 젖은 손에 눈이 있다. 어둠이 내리면 주위를 경계하며 나오는 밤의 눈동자들. 손가락 하나마다 박힌 눈이 충혈된다. 경계가 나누어진 은행 창고 벽 하나를 사내의 손이 다급하게 닿는다. 흠칫 놀라는 공기에 사내의 손에 뚝뚝 떨어지는 눈물.

이유 없다

졸음을 참고 입술을 깨물고 기어오르는 절벽

손을 놓으면 이대로 평화롭게 잠들 것 같은 유혹

피투성이가 되어도 좋을 것 같은 단잠의 속삭임

오르는 이유가 무엇인지 잊은 지 오래인 심장

가파를수록 아래를 보는 이제는 얇아진 목적

위를 볼 수 없는 거대한 꿈에 잠식당한다

아래를 보면서 오를 수는 없는 자연의 법칙은

당연하면서도 잔인하기도 한 순수라는 무기다

안간힘을 쓰며 위를 올려보는 순간들이 두렵다

마주하는 진실의 무게를 피하고 싶은 지금

용기란 가진 자들의 단어 같은 허름한 그늘

손에 힘이 빠질 때마다 말라비틀어진 물을 찾는다

허둥거리는 발을 지지하는 작은 돌덩이를 믿는다

믿을 수밖에 없어 믿는 가난함을 들켜도 좋다

이유가 없는 사랑이 최고의 사랑이라면

이 삶이 조롱당할 이유 또한 없지 않을까

절벽의 금마다 돋아난 풀을 잡고

부서진 상처를 디디며 누구보다 간절히 오르고 있다

그늘

햇빛을 피해 그늘에 들어선 사람들의 몸이 모두 같은 색으로 물든다. 덩어리가 되어 돌처럼 굳는다. 그늘에 갇혔다. 아무리 말해도 아무리 소리쳐도 모두 잊는 곳. 소리가 뚫을 수 없는 견고한 늪. 허우적거려도 다른 그림자에 둘러싸여 아무것도 보이지 않는 곳. 가장 환한 곳에 가장 어두운 그늘. 포기할 수 없는 버둥거림은 밤이 되어야 한다. 기어코 모든 것들이 어둠에 잠길 때 그늘은 사라진다. 거대한 밤이 잠식하는 그늘에 사람들은 굳어진 채 몸을 뉜다.

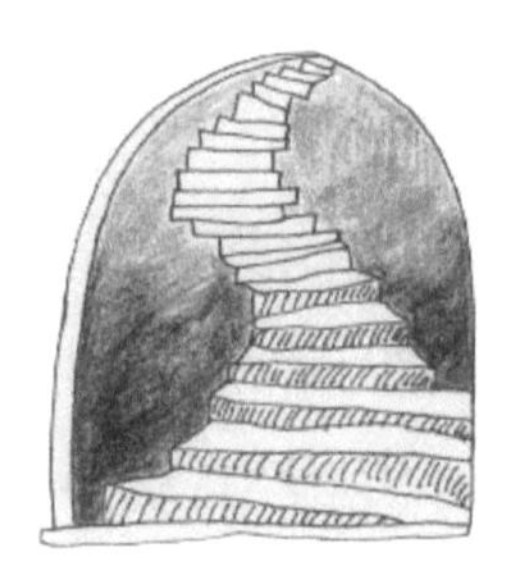

몸 하나

하수도처럼 낮은 자리에서 더러운 숨을 마신다. 퀴퀴한 얼룩이 있는 구석에 앉아 갉아먹는 것은 누군가의 뜨거움. 모두 지나 버린 열정들이 시체처럼 움직일 수 없을 때 나타난다. 쥐처럼 날쌔고 벌레처럼 징그럽게 스멀스멀 다가오는 그림자. 떨어진 마음을 돌이킬 수 없다는 듯 눈을 감을 때 나타난다. 파우스트처럼 달콤한 거래를 하며 한 손에 쥐여주는 값싼 동전 몇 개. 실눈을 뜨고 가만히 들여다보면 바들바들 떨고 있는 꿈이 부서진다. 조각조각 엉켜진 마음의 끝에 연결된 것. 똑바로 한곳을 응시하는 저 눈빛에 걸었던 청춘. 돌아가도 이제 무엇을 걸 수 있나. 끝없이 펼쳐지는 더러운 하수도의 역한 냄새가 진동한다. 동전을 던진다. 앞면과 뒷면. 한 길을 향해 가던 바스러진 꿈의 떨림이 손을 떠나고 몸에 던져진다. 잊고 싶었던 이름들이 몸에 돋아난다. 엎드린 몸을 일으켜본다.

너희는 너무 예의가 없어

예의가 없잖아
나를 좋아하는 사람은 나를 좋아해서
나를 싫어하는 사람은 나를 싫어해서

웃는 얼굴에 흙 무더기를 던지는 상상을 하다
손에 묻은 흙이 내 손을 더렵혔다

사람들의 선이 나의 선에 엉키면
사람들의 시선이 나의 시선과 다르면
잘라야 하는 걸 알지만 그들은 잘리지 않고 나를 자른다

나를 좋아하는 사람에게 나쁜 말을 할 수 없고
나를 싫어하는 사람과 싸울 수 없는
가슴이 너무 가쁜 나는 늘 달리기를 하는 사람 같다

예의가 없잖아
너희의 끊임없이 뿜어내는 거미줄 같은
침을 튀기며 비릿한 말들에 박힌 더러운
예의 없는 말들이 자꾸 나를 달리게 한다

비를 맞고 싶다

얄팍한 속임수. 건들거리는 값비싼 손목시계. 가래침처럼 더러운 거래. 비상할 수 없는 비둘기. 모가 난 가장자리를 향해 걷는 반복.급히 쓴 우산을 받치고 따라오는 오리 같은 걸음을 맞춰주고 있다. 진심을 말하기에는 뒤뚱거리는 빗물에 중심이 돌아선다. 결심한 자의 빠르기는 쉽게 따라갈 수 없는 숨 막힘. 뒤돌아보지 않는 건 차가운 배려.비를 맞고 싶다. 그뿐이라는 이해는 어려운 일상. 쏟아지는 비를 맞으며 비행기를 만든다. 막다른 골목길 앞에 숨을 몰아쉬며 찾아오는 우산을 가르며 날아가는. 곤히 잠들지 못한 뜨거운 시간을 건넌 철의 부메랑이다.

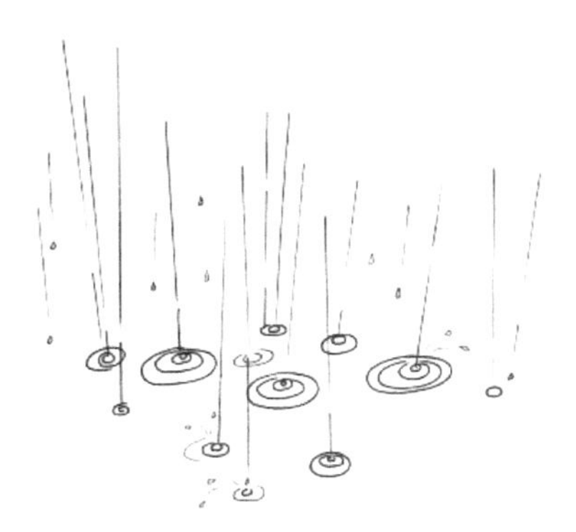

총소리

공무원이었다

독립서점 사장님이었다

동네 주민들이었고

에어컨 기사였다

동네에 서점이 들어온다는데

소문은 이득을 원하는 자들의 먹이

득실거리는 진딧물처럼 빠르게 퍼진다

한 여름 마을의 물 한 방울도 뺏길 수 없다

흔하고 평화로운 오래된 마을에 외부인이 온다

공정한 재판대에 오른 외부인의 눈을 가리고

페로몬처럼 빠르게 번져가는 눈동자들

눈에서 눈으로 번져지는 겨냥된 손가락

들리지 않은 총소리가 난다

보이지 않는 총이 날아다닌다

어느 누구도 거침이 없다

배신은 내가 허락한 칼

누구나 한번은 겪을 수 있는 배신이다. 고개를 숙여도 또렷하게 보이는 진실의 눈이 너무 크고 휑하다. 굶주린 손이 파헤친 어두운 시간들의 무례함이여. 가장 치명적인 식물을 키우면서도 눈치채지 못했던 어리석은 삼류 주인공인가. 갈피를 잡을 수 없는 잃어버린 시작이 비웃는 텅 빈 고백아. 무릎 꿇은 채 머리를 땅에 박으니 그제야 알겠다. 내가 가진 작은 땅이 탐이 났을 탐욕스러운 뿌리를. 내가 지금 비명으로 물들이며 뽑아 버린 칼은 나만을 향해 겨누어진 너덜너덜해진 나의 진심이었다. 너만을 허락했던 나의 어린 묘목 같던 새로운 시작이었다.

배신이란 그렇게 순하고 어린 연두색에서 시작된다. 처음부터 잘못된 반대의 심장을 가진 채 태어나 드리워진 운명의 천을 씌우고 그렇게 질식된 채 서서히 누런 이를 드러낸다. 이치에 맞고 계산에 맞는 상냥한 계절의 잔인함으로 이해시킨다.

오늘의 일기

다음 세상에 태어난다면

나만 아는 사람으로

봄의 고백이 당연하게

여름의 눈물이 의아하고

너를 모르는 사람으로

가을의 풍요가 의아하고

겨울의 희생이 당연하게

일기를 쓰겠다

가득 찬 손을 내밀어 아무것도 갖지 못했고

당당하게 떼를 쓰고 고함을 지르고 나뒹굴며

눈살을 찌푸린 사람들을 배경으로 핸드폰을

눈물범벅의 감성 사진을 연신 찍어

인스타에 올리는 다시 태어난 나

장마를 부르는 소리

덜컹거리는 소리가 건들지 않는 하나. 그건 바로 칼날 같은 그날 그날들이다. 시퍼렇게 파르르 떠는 과거는 곧 뜯어진 손톱처럼 현실이다. 도움을 청할 수 없는 꼿꼿한 시간의 노래.

덧발라진 장식은 바를수록 화려하게 추하다. 슥슥 갈아버리고 자른 부분은 썩지 않은 채 새파란 소리를 만든다. 감춰진 두려움에 몇 번이고 머리채가 잡힌다. 머리를 풀고 그날의 무덤 같은 소리에 비의 춤을 춘다.

바람은 지나고 이제는 장마다. 소리를 덮을 크고 굳센 의지다. 법칙이란 단조로운 정의다. 바람이 부는 방향으로 이동하는 소리를 따라 걸었던 약속. 지치지 않고 내릴 비를 부르기 시작한다.

물고기

다시 쓸쓸하고 건조한 공기가 온다. 잘못된 건 없는 듯 하늘도 어둡다. 햇빛이 들지 않는 자리에 털썩 팽개쳐 서늘한 그늘에 다리가 저리다. 아직 아무것도 잡지 못한 손에 엉켜진 그늘들이 헤엄치는 이곳이 땅이다.

눈을 감지 않는다. 막힌 숨처럼 샅샅이 알 것 같은 그 공기다. 몇 번이고 숨이 막혀 헉헉거리며 발버둥 치던 땅이다. 살 수 없는 곳에 일초 이초 삼초. 웅성거리며 축배를 드는 그들의 손에 흐르는 베일 것 같은 공기들. 살아있다 아직. 그들이 트로피처럼 나를 드는 순간. 기다리고 기다리며 아직 살아있다.

새의 이름

목마른 새는 노래하지 않는다. 짙은 아침의 냄새를 맡으며 잠겨진 목에 걸린 모래처럼 껄끄러운 날갯짓 한다. 불편함이란 단순한 세상을 연다. 모든 것이 한 곳에 집중되는 짜증. 찾고자 하는 대상이 뚜렷할수록 눈은 깊어진다. 변명이 가득한 시간의 허둥거림에 기대어 소리 낼 수 없음을 정당화한 그날부터. 날개는 균형을 잃었고. 갈증은 지속되어야 했다. 눈이 가려진 발밑을 두려워 해 쉬지 못한 날개는 이미 앙상했고. 발버둥 치려 한 삶의 연장은 이제 똑같은 모래를 먹인다. 이제 노래해야 한다. 목의 갈증을 뚫고 올라오는 퀙퀙거리는 소리를 두려워하지 말아야 한다. 떠오르는 해의 뜨거움을 응시하며 괴성을 지르자. 소리는 소리를 만들고 모두 처음 들은 그 소리로 새의 이름이 지어진다.

하루의 시작

문득 밥을 먹으며 눈물이 난다
우울증 같은 무거움이 이어지는 아침
모든 것이 새로 출발한 새로움
리셋되지 못한 채 이어지는 인생

컴퓨터를 키고 앉아 마우스를 클릭
이어진 선들의 절실함에 답답하다
모두 뽑혀버린 선들처럼 처진 삶
켜지지도 못한 채 꺼진 모니터

창문을 열고 숨을 마시며 웃는다
청승 덩어리 같은 짜디짠 공기
연기 같은 거짓된 바람들이 분다
허물어지는 낡은 성들이 보인다

씹지 못한 채 넘긴 밥알들이 떠다닌다
밤이 되면 눕는 버릇 같은 하루에
끝나감을 알리는 시계 초침 소리
일어나 배터리를 빼고 다시 눕는다
아침이 오면 다시 시작이다

착한 사람에게

고맙습니다. 나쁜 말에 놀라서 그대로 굳은 당신의 뜨거운 선택. 받아치지 못한 자신에게 화를 내며 너덜해진 손에 거울처럼 내미는 종이 인형 같은 여림이 흐르고. 스카치테이프를 손에 감습니다. 코딩된 손안에 감춘 색이 더 반짝이는 건 아무도 흉내 낼 수 없는 상냥함 때문이겠죠. 발도 가벼운 당신은 닳아 버린 불편함에 꿋꿋하게 걸으며 위축되어 두 손을 꼬옥 잡는. 넘어질 듯한 마음처럼 휘청거리는 발자국들이 당신을 따릅니다. 검어진 마음처럼 그림자가 짙어지고 오늘 하루를 선택해 낸 당신에게 쓰는 편지. 테이프로 감은 깨진 거울은 버려요. 젖은 종이를 꾸겨요. 너덜해진 마음을 잊어요. 당신이 착한 사람이 된 건 자신의 선택. 누구의 뜻도 아닌 한낮의 달구어진 철길의 심장을 걷는 당신의 뜻. 뜨겁기만 한 그곳에 녹아버릴 것 같은 자신을 이제 구해요. 오늘도 선택해 준 당신에게 보내는 감사. 정말 오늘도 고생하셨습니다.

문으로

날뛰는 마음의 고삐는 어디에

있나

문을 여는 것조차 선택이라는

걸 너무 늦게 알게 된 한 밤

소주를 따르며 취하고 싶은 밤에

자신을 탓하며 실컷 욕을 하고 싶은 밤에

그토록 찾았던 고삐가 쥐어졌다

안정된 감정처럼 평야를 걷는 곳에 성난 말은 없었다

바람에 쓰러질 듯 휘날리는

평야의 초록 풀들 사이로 반대 방향을 향해

치닫는 위태로운 불균형 앞에 고삐가 쥐어진다.

진중하게 숨을 몰아쉬며 문을 향해 부실 듯

달리는 불안감이 뜨거울 때

밤이 지나간다. 선택하지 못했던 후회스러운 그

밤이 지나간다. 문이 보이지 않았던 핑계들을 밟고

문을 열지 못했던 약한 손을 숨기고

머리를 앞으로 내밀고 이 안에 들어가리라

고삐를 잡고 거센 숨소리에 불안을 숨긴 채

달리는 내 손에 쥐어진 것

문으로 문을 향해 문을 잡아라

허무

너의 용기는 부질없었다로. 너의 고통은 다 그 정도는 있다로. 다들 바라는 마음에 반하여 악마 같은 결론으로. 뒤범벅이 된 너의 메모들이 몸에 악착같이 악몽처럼 붙는다. 어제와 같은 세상은 없다. 오전의 일상도 사라졌다. 과거로 돌아갈 수 없다. 매달린 채 대롱거리는 저 혀들의 소리는 죽었다. 울먹였던 변명들도 지났다. 매일 새로운 용기가 필요하다. 그래서 그들이 원하는 결론을 지을 수 없다. 메모에 적힌 글 하나를 지운다. 나약하다. 지운다. 힘이 없다. 지운다. 잘 살고 싶다. 웃고 싶다. 외롭겠지만 눈을 똑바로 떠야 한다. 이제 남겨진 것을 찾으려 더듬거리는 손을 멈춰야 한다. 이제 솔직해야 한다.

허름한 유서

마음껏 소리치다 죽어버려라. 감춘 진실이 무슨 의미인가. 햇빛이 얼얼한 한 밤에도 뜨거운 마찰은 멈출 줄 모른다. 쇠붙이를 먹어버리는 불가사리처럼 배고픔에 거리를 헤매는 발걸음이 부딪친다. 안 보이는 공기처럼 존재하는 열정에 숨을 허덕이며 사는 괴물. 참으려 할수록 엉켜버리는 끈적한 엿 같은 존재감. 세상이라는 숲에 기생하며 사는 벌레처럼 기어 다니다 죽어버릴 운명이라면. 숲을 태워버려라. 네가 아는 진실의 길을 만들어라.

아름다움에 멀어진 것은
시간이 낳은 두려움이 아니다.
깊숙이 박힌 귀를 막은 아이 같은 살덩이다.

<아름다운 평화란 없다>

2023〈이지선시인전〉
배우 이지연

'내 마음이 지옥 같아서'에 보내는 나의 러브레터

이지연

나는 생각보다 로맨스를 좋아하지 않는다. 비극보다는 희극이 좋고 언제나 해피엔딩으로 끝나는 영화가 좋다. 로맨스는 은근히 현실적이라 비극으로 끝나는 경우가 많기에 나는 현실에서 아예 일어날 수 없는 근거 없는 판타지를 더 좋아한다.

그럼에도 이런 나에게 가장 좋아하는 로맨스 영화가 무엇이냐고 묻는다면 주저 없이 '러브레터'라고 말하곤 한다. 그래서인지 작년 겨울 영화의 재개봉 소식을 듣고 극장에 가는 날 펑펑 내린 함박눈이 그렇게 설렐 수 없었다. 두근두근 마치 운명처럼. 이 영화를 보기 위해 눈이 내리는 것처럼.

오랜만에 다시 만난 영화의 영상은 여전히 아름다웠고 1인 2역을 맡은 배우가 연기하는 한 명의 여자주인공 성격은 여전히 내 스타일이 아니었으며 마지막 장면에서는 여전히 울어버리고 말았다.

사랑은 유치한 맛에. 첫사랑은 이루어지지 않을수록 아름답다는 말은 대체 누가 한 걸까. 물론 사랑은 유치한 맛에 하는 거라는 말에는 동의한다.

영화의 마지막은 이러하다. 또 다른 여자 주인공에게 한 무리의 여학생들이 찾아온다. 그녀가 무슨 일이냐고 묻자, 소녀들은 멋진 것을 발견했다고 말하며 '잃어버린 시간을 찾아서'란 제목의 책을 건네준다. 영화를 본 사람들은 알겠지만, 그 책이 의미하는 바가 너무도 커다랗기에 다들 주인공의 표정을 따라 말을 잇지 못하고 그녀와 같은 표정이 되어버린다.

나에게 이 시집이 그렇다. 시인이 적어 내려간 글씨를 따라 읽어가다 보면 어느 순간 가슴이 턱하고 막혀가고 이내 무언가 얹힌 사람처럼 답답한 가슴을 쓸어내린다. 흐린 눈을 하고선 시집을 덮어버린다. 마치 마주치고 싶지 않은 진실을 맞닥뜨린 것처럼. 무기력해지고 만다.

식물은 말라간다. 너무 많은 햇빛을 받아도, 햇빛을 받지 못해도, 많은 물을 주어도, 물에 굶주려도. 식물은 말라간다. 아주 조금의 관심만 기울이면 될 뿐인데 그 단순함의 규칙들이 깨어지는 순간 말라간다는 게 우습다. 식물은 억울하겠다. 넘쳐도 죽고 모자라도 죽는다니.

식물도 그러한데… 사람은…. 넘치고 소용돌이치는 무수한 감정들로부터 어떻게 아프지 않을 수 있을까. 그렇지만 아픔을 마주 볼 수 없다면 우리는 주인공이 될 수 없다. 억울하겠지만 주인공의 숙명이 그러하다.

흐린 눈을 부릅뜨고 다시 시집을 펼친다. 힘을 내어본다. 덮었다. 펼친다. 눈을 감는다. 다시 뜬다. 내가 마주 본 지옥은 무엇이었을까.

차가운 눈을 보면서 따뜻하다고 말하는 것처럼.
매운 음식을 먹으며 시원하다고 말하는 것처럼.
이루어지지 않은 첫사랑을 아름답다고 말하는 것처럼.

나는 이 책 또한 사랑스럽다 말할 것이다. 비록 제목은 '내 마음이 지옥 같아서'이지만 말이다. 지옥과 마주한 주인공은 분명 지옥을 벗어날 방법을 찾아냈을 것이다. 그 과정의 끝이 사랑스러울 것은 분명한 일이다.

어느 날 나는 누군가에게 이렇게 말할지도 모른다. "멋진 걸 찾았어!" 그리고는 '내 마음이 지옥 같아서'를 건네는 것이다.

이 시집은 사랑스럽다. 비록 누군가에겐 아픔일 수도 두려움일 수도 외로움일 수도 있지만 나에게는 사랑이다. 언젠가 학창 시절. "시는 왜 이렇게 어려워. 무슨 말인지 이해하기가 힘들어."란 질문에 "이해하지 않아도 괜찮아. 그냥 읽어. 몰라도 괜찮아. 그러다 다음에 또 그 시집을 읽어보고 읽고 읽다가 네가 생각하고 싶은 대로 생각하면 돼."라는 답을 들었다.

답이 없다고? 열심히 정답을 찾아냈던 나에게 찾을 필요 없다는 말은 너무도 달콤했다. 이해해야 한다는 강박을 벗어던지던 순간 나는 자유롭게 글을 읽을 수 있었다. 내 생각이 틀린 게 아니라는 불안함이 사라지며, 여유를 누린다.

내가 맞다. 그러니 너무 답을 찾을 필요는 없을 것이다. 그게 시집이고 그게 시 아닌가. 그렇게 시를 읽는다. 그리고 나에게 이 시집은 눈물 나게 사랑스럽다. 러브레터처럼.

" 잘 지내고 있나요. 전 잘 지내요."

저 집에 사는 사람이 되고 싶다.

하얀 벽돌이 바람에 살짝 바래지고 어긋난 부분이

듬성듬성 보이는 골목 모퉁이 집.

걸어오는 사람들의 소곤거리는 소리 같은 대문이 있고

빛이 망설이지 않고 들어오는 커다란 창문이 있는 집.

<저집>

2장

외로움
Loneliness

Illustrator Mamakim

저 집

저 집에 사는 사람이 되고 싶다. 하얀 벽돌이 바람에 살짝 바래지고 어긋난 부분이 듬성듬성 보이는 골목 모퉁이 집. 걸어오는 사람들의 소곤거리는 소리 같은 대문이 있고 빛이 망설이지 않고 들어오는 커다란 창문이 있는 집.

엄마의 큰 아들로 태어나지 못한 운명처럼 대출금의 차례가 앞에서 끊길까 밤을 하얗게 지새운다. 공휴일의 잠을 담보로 잡히고 흐려진 가로등처럼 깜빡이는 눈으로 인터넷을 뒤진다. 빡빡한 지갑에 밀어 넣는 신분증처럼 붙어버린 마음.

저 집의 이층에 의자를 두고 커피를 마시면 얼마나 좋을까. 부서질 것 같은 계단을 부수고 삐걱거리는 하루 같은 액자를 커다란 못으로 박고 싶다. 가질 수 없을까 울렁이는 손으로 바삐 핸드폰을 눌러 본다. 결론처럼 떨어지는 눈물이 짜디짜다.

살고 있다.

살고 있다. 눈을 감으면 꿈을 꿀 수 있을까. 미동이 없는 한 여름 오후의 시작. 소음 같은 불안감에 뛰기 시작한다. 잡힐 것 같은 진심이 번지는 립스틱처럼 그어지는 길. 참 뻔한 발걸음이 지루하다. 어둑해지면 사라질 그을음 같은 말을 들었나. 같은 속도로 달려오는 심장 소리가 분내를 풍기는 짙어지는 오후. 쉴 수 없는 달리기. Pm 5:49 깜빡이는 전자시계에 배터리의 힘겨운 소리가 들린다. 지워질까 덧바르는 팩트가 두꺼워지는 만큼 돋아난 밤의 시간. 땀이 떨어지는 거리에 막다른 골목도 없이 뛰며 덜덜 떨리는 손을 바닥에 짚는다. 그림자가 사라질 때까지. 흙먼지가 목에 일어나 조용히 잦아들 때까지. 아직 지치지 않은 이름이 불릴 때까지. 달리는 발에 굳은살처럼 지펴지는 화장품 냄새를 맡으며. 아직 살고 있다.

가족

네 식구였다
눈사람을 네 개를 만들어야 한다
대추나무에 대추도 짝수를 따야 한다

추운 겨울을 달리며 얼어붙은 손에
족쇄처럼 달린 부족한 열기를 달군다

버릇처럼 모두 탄 연탄 같았던 꿈들
아무리 굴러봐도 커지지 않았던 눈 덩어리

주인아저씨의 눈을 피해 대추를 흔들면
우르르 쏟아졌던 욕심을 닮은 단맛

눈사람 하나를 겨우 만들어 놓고
고이 접어둔 식어버린 대추를 못처럼 박는다

할 수 있었던 건 봄을 노래하는 것
왜 이렇게 차가운 건가요

아무리 달려도 닿지 않았던 우리는
꺼져버린 채 그렇게 가족이었다

동생에게

추운 겨울보다 아팠던 건 약속. 너의 축축해진 손은 잡을 때마다 포기라는 말을 가슴에 담는다. 기다리는 방에 들어가야 하는 부담감에 무거운 가방을 멘 채 동네를 계속 걷는다. 어두워진 채 방의 빛을 쏘아보며 등을 보인다. 갈 곳 없는 거리처럼 이리저리 헤매어도 도착할 수 없었던 답인 집 앞. 혹시나 하는 너의 눈빛이 날 쏘아 볼 거 같아 똑바로 창문을 보지도 못한 채 그렇게 어두워진다. 계단으로 올라가는 발이 소리 내지 못한 건 오래된 버릇 같은 두려움. 문을 열면 들려오는 너의 목소리에 단단해진 내 손을 내밀면. 너는 매달린 채 흔들리는 시계추처럼 째깍거린다.

그 약속을 지키기 위해 왔다. 눈을 감아. 시간을 지나 커진 풀꽃 향기가 지나갈 거야. 눈을 감아. 너에게만 들려주고 싶었던 낡아진 새로운 시가 걸어 올 거야. 눈을 감아. 너의 손에 고인 물을 불어 줄 거야. 기다리게 해서 미안해. 같이 놀자. 문을 연다.

옷 입기

거울 앞에서 옷을 벗는다
몸이 내미는 한숨에 몸을 떤다
비추어지는 몸이 괴상하다
흘깃 훔쳐보는 눈을 감는다
손은 슬슬 치부를 가린다
불안한 몸이 비비 꼬인다

거울 앞에서 옷을 입는다
서둘러 걸치다 넘어진다
배어 나오는 몸 웃음 역겹다
꿈꾸었던 아름다움은 없다
그늘에 숨어 웅크린 몸을 본다
색 하나 없는 맨몸이 낯설다

그대로를 샅샅이 봐야 한다는 것은
어느새 불어진 몸도 마른 심장도
근육에 붙어진 성가신 변명도
자신의 것이 아닌 것 같은 인생처럼
받아들이며 정원을 걷듯 걷는 것이다
일요일 같은 하루를 기다리는 것이다

이해할 수 없었던 바람의 자리에 누워

그대 돌아와 누웠던 자리에 온기가 남은 빈 무덤 같은 곳에. 돌아 누워 본다 눈을 감고 조용히 숨을 마신다. 축축한 물기에 거친 바람 냄새가 난다. 건물과 나무에 부딪히며 성난 입김을 내뿜는 뜨거움이 맺혀있다. 얼마나 많이 다쳤을 날들의 상처가 세세하게 느껴지는 쇠붙이 같은 바람에 산화된 공기가 얼얼하다.

몸이 얼어붙은 채 달달달 떨리며 이가 부딪힌다. 쏟아부은 이야기들이 차가운 겨울의 채찍처럼 따갑다. 오늘도 그렇게 달리고 있을 그대의 성에 낀 몸이 비틀어질 때마다 느낄 고통이 베인 자리. 그렇게 불어와 이 자리에 누워 어떤 마음들을 담았을까. 이해할 수 없던 바람의 색이 짙던 오늘 뜨거운 숨 한잔을 마신다.

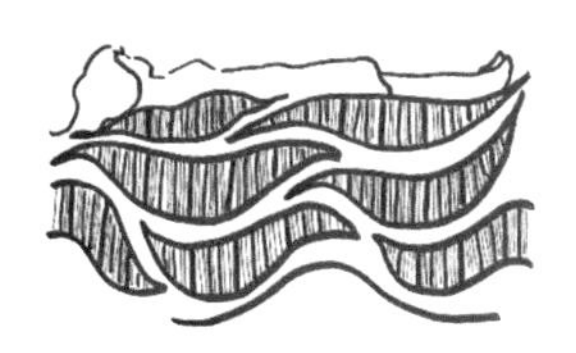

솔직해지면

솔직해지면 엄마가 운다
비가 미치도록 오는 시간들을 맞으며
우산이 없던 가난한 몸이 파랗게 질린다
뚝뚝뚝 떨어지는 고단한 물방울들은
어디를 가도 금세 주위를 젖게 한다

솔직해지고 싶은 이유를 쓴다
밤새 자고 있는 엄마 앞에 무릎을 꿇고
젖은 편지를 읽으며 오래된 글자를
하나하나 자장가처럼 지우는 밤도
엄마의 예민한 잠을 깨우지 못한다

솔직해진다는 건 누구에게인가
그날 그날 더러워진 흙탕물이 튀어도
끊임없이 내리는 비에 지워진다
모든 흔적이 사라진 새로운 아침이
비워진 위처럼 역겹고 쓰리다

그칠 수 없는 비를 탓하진 않아도

필요했다 젖은 웅덩이에 발을 담굴

어린아이처럼 뛰어다니며 비를 맞고

오들오들 같이 떨며 돌아갈 저녁이

그것이 엄마였으면 했나 그랬나

사라진 엄마의 자리를 말린다.

솔직해진다는 것은 마음을 말리는 것

기다리며 초인종을 누르는 그 사람의

젖은 몸을 탓하지 않고 문을 여는 것

빛 바란 파란 사진처럼 반겨주는 것

나는 헤어질 수 없다

초점을 맞춘다

당겨진 공기안에 머무른 정적

쇠처럼 차가운 침묵이 무겁다

방아쇠의 끝이 흔들린 건 잘하고자 돌아간 힘

번뜩거리는 광기

돌이킬 수 없는 진실이었던 거짓말들

사랑받지 못한 자의 조용한 탄환처럼

차마 정리되지 않은 이름이 터진다

바람 같은 너의 정면을 향해

공기를 찢으며 부른다 너를

더없이 좋았던 날

미소들이 부유하던

흔들리지 않았던 결심이 날아간다

너무 잘 알던 자의 눈동자가 과녁처럼 뜨는 밤

죄책감 없이 나를 향한 사냥의 시작

꺾을 수 없는 병든 발걸음이다

밤마다 불을 댕기는손 끝이 향하는 건

네가 없는 허공에 꽉 차는 끓어오르는 어둠

헤어질 수 없다 아직 더 사랑하고 싶다

우리는 만났다

우리는 고장이 났다. 혼자 서 있을 수 없기에 만났다. 같은 별 모양의 상처가 반짝이는 하늘 같은 밤에 만났다. 어떤 꼴로 쓰러져 누군가에게 버려진 컴컴한 쓰레기들 더미에서. 그렇게 눈을 부릅뜨며 깜빡이는 전등 밑 가장 어두운 곳에서 조용히 지켜봤다.

쓰러진 우리가. 고장이 난 우리가 할 수 있는 것은 꾸깃해진 마음을 감춘 채 더욱 어두운 곳으로 걸으며 욕설만큼 편한 즉흥적인 춤을 추는 것. 삐걱거리며 넘어질 때마다 떨어졌던 불안에 상처가 곪아가는 병의 냄새.

너무도 어두운 곳에서 시리게 반짝이던 별을 따라서. 일그러져 터진 몸에 도사리던 상처가 물 때마다 났던 신음 소리를 따라서. 손을 잡고 일어났다. 운명이란 손을 잡으며 일어난다. 시작이란 말은 끝을 여는 자가 이해하는 편리함. 그렇게 우리가 만났다.

DNA

습관처럼 핸드폰을 꺼내 외로움을 쳤다. M은 꼬꾸라진 쓰레기처럼 온갖 것들이 쏟아지기 시작했다. 되돌리기엔 봉투가 고막처럼 찢어져 아무것도 들을 수 없었다. 덧대어진 투명함이 얼마나 암흑일 수 있을까. 인정한다. 들어간 모든 것들이 더러웠기에 쓰레기봉투겠지. 웃음이 가라앉아 그대로 굳어버린 채 응시 된 M은 더러운 추억을 꺼내고 있다. 모두 다 사라지고 남은 곳에 남아있는 헝겊 조각들을 나열하는 손가락을 잡는다. 이해할 수 없는 글자 같은 답답함. 찢어진 봉투를 질질 끌며 가벼움에 손이 떨린다. 눈물은 과정이다. 바뀔 수 없는 존재를 받아들여야 하는 기도다. M은 깊숙한 곳에 꾸겨진 지폐를 몇 장 내밀며 웃는다. 주머니에 쑤셔 넣은 이해할 수 없던 글자에 흐르는 서로의 가슴에 응아리를 튼 헝겊들. 꼬이고 가장 가냘픈 서로의 같은 추억이 묶이며 외로움을 외친다.

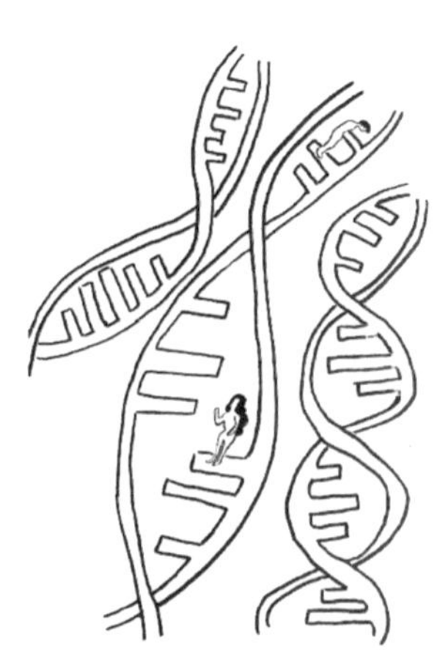

친절

내가 친절할수록 너는 더 거만해져. 뱉어낸 진심이 생각보다 더러워 비위가 상해 몇 번의 구역질을 하고서야 몸을 일으킨다. 끈적한 공기에 녹아든 자책감. 너의 발밑에 엎드릴수록 너는 더욱 높아진다. 중력처럼 강해지는 무거운 심장들이 떨어진 거리를 네발로 긴다. 두근거리는 화끈거림이 얼굴에 닿고 맞는 것인지에 대한 잣대는 부러진다. 선택이 없는 막다른 마음 앞에 조급해진 친절함이 절여진 하루. 호흡마다 부서졌던 심장의 조각들이 거머리처럼 스멀거리며 밤을 빨아대고. 창백해진 손가락을 가슴에 대고 유언처럼 새기는 끝이 아닌 또 다른 끝. 친절할수록 너는 더 거만하고 나는 더 힘이 세져.

누구나의 이별 시

꺼진 사랑을 되돌릴 수 있는 건 없듯이 걷는 오늘
가벼운 마음이라 되풀이해도 마지막은 비대해진 후회
숲을 달리는 바람이 나무에 부딪혀 부는 바람처럼
피할 수 없는 건 장애물이라 부르지 않기로 한다
그것은 누구나의 이별

생일 케이크의 촛불을 다 꺼야 하듯이 차례가 온 사랑의 끝
폭죽이 터질 때마다 쏘아 올리는 추억들에 멍해진 귀
시간이 약인 것이라는 평범한 조언들을 텅 빈손에 움켜쥔다

벌써 바래진 오늘에 물을 줘도 썩은 냄새가 진동한다
시간이 지나길 바라는 지금이 흘러간다는 것 자체가 기적
사랑의 끝은 이별이 아니라 모든 약한 것들의 잔인한 이해
한때 푸르른 빛이 있었다는 것이 보이는 세상의 시작이다

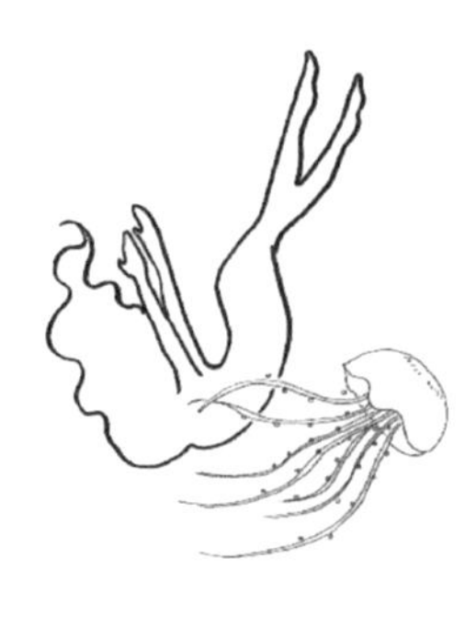

인천의 한 서점에서

에어컨을 기다리며 우두커니 서 있는 한 가게의 주인. 손금이 굵은 사내가 성큼 들어온 건물 안의 빛이 너무 빛나서. 잔뜩 찡그린 주름 사이로 땀이 뚝뚝 숨이 죽은 듯 숨소리를 마신다. 새로 깐 콩 자갈 바닥이 파일 듯이 욕처럼 툴툴 발걸음이 거칠다. 사장님은 돈이 많아 이렇게 인테리어를 다 해 놓으시고 좋겠습니다. 피식거리는 사내의 마음에 자라난 숲처럼 무성한 계산. 마주하는 바다의 짠바람들이 숲을 절여 놓은 듯 마지막 땀방울의 소금기까지 빨아 당기는 거대한 법칙. 쩔쩔매는 어른을 호기롭게 바라보며 30cm 옮길 때마다 배관비 1m 요금이 추가된다고 울며 보채는 아이처럼. 인천의 어느 구석진 가게에 커다란 파도처럼 들이닥친 고난을 저 주인이 견딜 수 있을까.

마법사

비밀 같은 시간은 마법 가루가 많이 필요하지. 감추려는 마음을 드러내면 짐승처럼 할퀴겠지. 삐뚤어진 마음 안에 접어둔 쪽지를 태울 수가 있다면. 영혼을 바꿔서라도 갖고 싶지 않았던 이름들. 마법사처럼 휘휘 저어 물약으로 뱉어낼 수 있는 것들이 아니야.

침묵이 더 가까운 시간들이 쌓여 머리가 짙은 하얀색이 된다. 구부정 거리는 마음이 고약한 마녀처럼 독하다. 어둠의 마법에 홀릴 첫 번째 야망가. 어떤 것으로도 안 되는 마지막 고여 있는 덩어리들을 조용히 불러낸다.

조용한 바람이 일고 보글보글 끓고 있는 마법 약 사이로 펼쳐진 이야기들이 서서히 눈을 뜬다. 괴물 같은 형상으로 일그러진 너를 마주하며 주문을 외운다. 이제 그만 비밀을 말해도 돼. 깊은 밤 주문은 시작됐다.

별의 약속

너의 작은 별빛을 탓하지 않아. 너의 느린 속도가 만들어 내는 별은 차갑고 어리둥절한 추운 비에 더 선명해. 조금씩 세차던 빗소리를 기억해. 누구나 흠뻑 젖을 매섭게 내리던 회초리처럼 따가운 비. 거친 비를 헤치며 달려들던 바람에 너의 이야기들이 내리고. 비가 그치고 나면 솜털처럼 따뜻한 이야기들이 돋는다. 눈이 내리고 너의 작은 별빛은 그 안에 아직 꺼지지 않고 조금 얼었을 뿐. 더 강해진 너의 빛이 땅에 닿아 새로운 씨앗이 된다. 비의 다른 이름은 눈. 별의 다른 이름은 별. 너의 작은 별빛을 아무도 탓하지 않아. 반짝이고 있다며 넓은 어깨로 소복소복 쌓이는 눈을 맞고 있는 별. 아직도 끝나지 않았다. 더 많은 이야기들을 할 수 있다. 그 약속처럼 너의 이름은 별.

듣고 싶다.

켜진 티브이와 유튜브의 힘차고 즐거운 소리가 침처럼 튀긴다. 방문을 닫으면 문 사이로 노크도 없이 들어와 귀에 속삭이는 단어들. 창문 밖에 천천히 자막처럼 올라가는 설명들이 보인다.

조용해진 세상을 꿈꾸는 침대에 걷어낸 이불들이 마음에 걸린다. 듣고 싶었던 인정은 무덤처럼 침묵이다. 이름을 부르며 걸어오는 따뜻한 눈빛을 한 단어를 만나고 싶다.

노력이란 매일 불러보는 노래처럼 틀었던 더운 선풍기다. 시원해질 수 없는 시간의 연속은 땀이 흐를수록 절여진다. 그을린 바람을 막아낼 망사 같은 마음으로는 데일 뿐인 심장아. 기어오른 침대에 누워 이어폰을 꽂지만 들릴 음악을 고르지 못하고 막막한 소리에 눈을 감는다.

낮잠 같은 이름으로 잘하고 있다는 간지러운 따뜻한 바람을 꿈꾼다. 그냥 지친 아침의 헐거운 기도처럼 이루어질 수 없는 침묵에 또 꿀꺽 마른 꿈을 심는다.

안개

바람이 밀어낼 수 없는 안개가 피어오른다

일 차선에 없는 배려처럼 순서를 잃은 도로

원하는 목적지가 흐려져 있는 시야가 좁다

어두움은 쓴 감기약처럼 익숙해지지 않는다

도드라진 감각들이 찾는 건 안개뿐이다

공동묘지 같은 산들이 펼쳐진 곳을 달린다

스스로 묶어진 배들처럼 되돌아갈 곳인가

태풍이 찾아오기 전 더 흐려지는 안개 섬

어린 모험심을 잃은 섬은 빛나지 않는다

가려진 차들이 불쑥 안개에서 나올 때면

길을 잘 가고 있다는 안도감이 역겹다

떠밀려가며 멈출 수 없는 도로 위에

안개에 적힌 목표에 점 하나를 찍어본다

술래잡기

이불 안에서 숨을 참고 굳은 듯 있다. 술래는 언젠가 찾겠지만 최대한 도망치고 싶다. 숨어 버린 어제 기억들과 사진처럼 찍힌 장면들을 생각한다. 어제 걸었던 길에 눈이 내린다. 하얗게 덮인 길 위에 찍힌 후회의 기억들이 사진처럼 찍힌다.

도망치고 싶었겠다. 어디에 숨어 버린 잘못과 어리석음을 찾기는 불가능하다. 그들은 어디 이불 안에 숨 쉬고 있는 건가. 최대한 도망쳐도 빠져나갈 수 없는 게임 안에서 잊기를 바라며 그렇게 숨죽이고 있다.

눈은 한참을 내릴 것이다. 모든 것이 그렇게 덮이고 덮여 술래가 잠들 때까지. 술래가 일어나면 새로운 눈사람을 만들 것이다. 한 번도 보지 못했던 꽁꽁 얼었던 그 눈들이 뭉쳐 나타난 형상은 분명 아름다울 것이다.

유리창 안에 새

살가운 감탄도 네 안에 들어서면 가시다. 뜨거운 것도 투명한 유리처럼 차가워진다. 시계 초침이 되어 걸어지고 있는 기억들. 살집이 올라 자꾸 감춰도 보여지는 깃털만큼 거대한 자랑스러운 너의 매끈한 부리. 아마도 그랬나보다. 너무 아름다운 새는 계절이 돌아오지 못하듯 박재 된 계절들. 유리 사이로 새의 눈은 아무도 보지 않는다. 검은 눈의 네 날개는 접힌 채 짙어진다. 한 번이었을 깨진 비명 같은 너의 눈빛.

미미

갖고 싶은 것이 나쁜 건 아니잖아요

예쁜 명품 하나 사는 것이 치명적인 사치는 아니잖아요

모피 코트 하나가 무지개처럼 잡을 수 없는 건 아니잖아요

길을 건너며 바라보는 사람들의 시선을 모아 미미를 만든다

노란 곱슬머리를 하고 샤넬 트위드 재킷을 걸친 마른 인형

얼굴의 반을 차지한 눈이 촉촉하게 빛나는 솔직한 빛

가질 수 없다고 사랑할 수 없는 것이 아닌 첫사랑

감정이 물질로 변하면 화학반응처럼 새로운 것이 나온다

돌이킬 수 없는 성형과 청약 당첨 같은 인생 중에 하나

선택의 기로에 선 길가의 사람들이 쳐다보는 하나의 신호등

모두 초록불을 건너는 질서의 완벽한 세상에 품은 빨간색 빛

손을 넣으면 웃음이 피식피식 나오는 나만의 미미

너의 주식이 떨어진 것이 우주의 질서처럼 정해진 운명일까

붉은색 루비 반지를 휴지통에 넣을 사람이 있을까

솔직하게 말해줘요 이제

너의 미미를 보여줘요 네가 안고 있는 그 품속의 것

MIMI

불리지 않았던 녹슨 노래를 불러대는

바람이 삐걱거려도.

뿌리 내린 풀에 꽃을 보아야 한다.

그것이 네가 정한 목적지.

<주홍글씨를 써라>

2023〈이지선시인전〉
배우 **배길환**

시인님께

배길환

사람은 외로운 것 같습니다. 그래서 외롭지 않기 위한 방법들을 각자 찾기도 하는 것 같아요. 살기 위해서라고 표현하고 싶습니다.

사람은 같으면서도 너무 다른 것 같습니다. 같을 순 없죠. 다른 삶을 살았으니까요. 그 자체로 고유하니까요. 그래서일까 사람들은 서로 멀어지고 싶어 하지만 때론 가까워지고 싶어 하는 것 같아요.

사람은 참으로 매력적인 것 같아요. 본인 스스로조차도 어디로 튈지 모르기 때문이겠죠.

세상은 반전을 즐기고 일상은 우연을 뿌려주듯 어지러운 세계에서 살기란 쉽지만은 않은 것 같아요. 살아내는 것 같아요. 각자의 무엇을 가지고요. 감히 희망이라고 말해두는 편이 좋을 것 같네요. 희망을 저버리면 좀 큰일이 일어날 것 같아요. 절대반지를 빼면 안 되는 것처럼.

사람은 상처받아요. 누구보다도 아파할 줄 알고 슬퍼할 줄 알기 때문이겠죠. 치료를 받고 회복해야 해요. 그렇지 않으면 곪거든요….

사람은 태어나고 가족의 품을 거쳐요. 그 품 안에서 저마다의 사연이 있죠. 세상엔 각자 자기만의 일상이 축적되어 삶이라는 선을 그려내며 하루하루 그어져 가는 거 같습니다.

저에게 시인님의 시는 이렇듯 사람을 설명 해주는 시로 다가왔습니다.

시인님만의 자전적인 구조와 솔직함, 특유의 따뜻한 감수성, 그리고 고드름같이 차가운 느낌 안에서 중성적인 속성이 엿보였던 것 같습니다. 거기서 풍기는 호기심 때문인지 시뿐만 아니라 이 시를 쓴 작가 또한 궁금해지게 하는 매력도 가지고 계신 것 같습니다.

제가 시를 읽으면서 제일 공감 갔던 두 부분은 가족에 대한 애정과 잘 살고 싶은 삶에 대한 욕망이 투영된 시들이었습니다. 또한 있는 그대로를 담아냈기에 더 우울했지만, 한편으론 희망적으로 다가오기도 했습니다.

시인님은 마음을 다해 글을 쓰시는 분이라고 생각이 들 정도로 자조적인 표현이 없었기에 외로움이 한층 더 짙고 깊어보였습니다. 또한 신비스러웠고, 독특했고, 솔직할 수 있는 용기와 자신감이 엿보였던 부평시인님의 시를 보면서 이런 생각이 들었습니다.

삶의 애환을 자기만의 스타일로 녹여내고 승화시킬 줄 아는 좋은 시인이시구나. 라는 생각이 들었습니다.

시인님의 시집 출간을 진심으로 축하드립니다.

Photographer Kim Min Sung

낡다는 건 가을의 낙엽색처럼 자랑스러운 일이다.

비록 그것이 끝이 있다고 하더라도

지금은 아직 날고 있다는 걸 잊으면 안 되기에.

날고 있다.

<가을 화살의 방향>

3장

시도
Try

Illustrator Anime

내 마음이 지옥 같아서

내 마음이 지옥 같아서

처음 보는 안전한 웃음이 거슬려

혀를 물었다

알싸한 피 맛에 찡그러질 때

안색을 살피는 너의 고요에

마음이 삐었다

화장터처럼 소각된 것들에

숨어있던 아이의 손을 잡은

먼지투성이의 순한 웃음들이

가진 게 처음부터 없었다는 네가

지옥을 지웠다

그래서 사랑했다

단 몇 분이었다

주홍 글씨를 써라.

눈물. 멈출 수 없는 도로에 들어간 버스에서 눈을 떴다. 한쪽 눈에 박힌 주홍 글씨를 씻으려는 손이 나지막이 써 내린 랩소디. 집시의 피가 흐르는 멈출 수 없는 춤이 일깨운 정중앙의 벌판. 아무것도 자랄 수 없었던 흙먼지 가득한 곳에 도착한 창백한 종이 같은 풀이여. 눈물이 씻어낸 글씨를 받아먹으며 색이 떠도는 빛들 앞에 입이 없던 진심이 칠해진다.

언젠가 멈춰질 수밖에 없는 도로다. 피식 말라질 눈물이다. 버스도 도로의 끝에는 스스로 멈춘다. 춤이 끝난 집시도 동전을 챙겨 집으로 간다. 불리지 않았던 녹슨 노래를 불러대는 바람이 삐걱거려도. 뿌리 내린 풀에 꽃을 보아야 한다.

그것이 네가 정한 목적지.

가을. 화살의 방향

낡아버린 감정을 헌 지갑에 꾸깃 넣고 허름한 겉옷을 입은 가을에 넌. 일찍 부지런히 찾아온 달갑지 않은 계절의 얼굴을 한 사람에게 넌. 할 수 있는 한 가장 부드러운 목소리로 가냘프게 떨어지는 낙엽처럼 대답한다. 하지 않는 질문의 홍수를 막으려는 얇은 나뭇가지 같은 넌 뚝뚝 거리는 꺾인 마른 돌처럼 던져진다. 너덜해지고 접힌 감정을 꺼내 들고 어깨를 움츠린다. 사실은 끝을 향해 달려가는 시작이었던 것을 알아도 한 번은 믿고 싶다. 화살은 꽂힐 때까지 자신의 방향을 알지 못한다. 무수한 바람과 처음 느낀 아찔한 속도를 느끼며 어딘가로 향할 때 누구나 꿈을 꾼다. 그것이 낡다는 건 가을의 낙엽색처럼 자랑스러운 일이다. 비록 그것이 끝이 있다고 하더라도 지금은 아직 날고 있다는 걸 잊으면 안 되기에. 날고 있다.

너의 길

너의 평발은 유니크하지. 모든 걸 모두 밟고 가야 하는 길이 부드러울 리 없지. 너의 맨발을 차마 볼 수 없어 고장 난 마음에 시동을 건다. 모든 것이 뿌연 문을 열면 동화 같을 수 없는 방이 보인다. 모두 터져버릴 풍선 같은 꿈을 가득 달린 방에 비치는 진심들이 벽에 뿌려진다. 많은 사람들이 외치는 파이팅이라는 단어에 풍선이 터진다. 사방에 뿌려지는 종이 조각들이 빛에 탈 듯이 반짝인다.

너의 손에 가득한 반짝이들이 붙어 떨어지지 않는다. 초라해 보일까 덧붙이고 덧붙인 장식들이 떨어질 듯 테이프에 감긴다. 시동을 건 마음이 자꾸 꺼지고 매캐한 석유 냄새가 원치 않은 불을 지핀다. 언 듯이 굳게 잠긴 손을 잡고 너의 발을 본다. 도망치지 않고 그대로 보아야 한다. 눈을 크게 뜨고 앞을 봐야만 사고가 나지 않는 고속도로처럼 뒤로 갈 수 없는 너의 길. 무릎을 꿇고 너의 발에 신발을 신긴다.

빛나는 것에 대하여

울고 있던 심장이 나뭇잎을 떨궜다
새벽이 되어도 얼어붙은 듯 그대로다
나뭇잎 위로 마침 떨어지는 빗방울이
안간힘을 쓰며 깨우려는 듯 흔들고 있다

희미하게 고개를 돌리는 나뭇잎들은
있다. 옆으로 고개를 돌리면 있다
창을 닫고 문을 다시 힘껏 닫아도
있다. 실눈을 떠도 그곳에 살아 있다

소리가 사라진 잎 위로 내리는 빗방울
가슴에 얹힌 눈들이 까슬한 잎들처럼
눈을 뜨기 시작하면 선명하게 적히는 소리
어떠한 것도 막을 수 없는 글이 적힌다

희미해져 낡고 기워진 발이 움직여지는 곳
새벽의 찬 빗방울에 핼쑥해진 나뭇잎들이
아침, 저 마다의 굳고 빛나는 선을 긋는다
늦디 늦은 새벽은 빛을 부르고야 만다

너는 그렇게 꿈이 있다.

그렇게 살고 싶었던 꿈이 있다. 그 이름으로 살 수 있다면. 저벅거리던 땅이 마를 때까지 걷던 시간들이 꿈틀거리는 공기가 되고 숨을 쉬게 되고. 한참을 버벅대며 주위를 돌아봐도 걷는 이 하나 없는 길을 손으로 더듬이며 눈을 크게 뜨고 장님처럼 걷는다.

이름을 가진 자가 되어 누군가에게 불리면 그곳을 따라 별처럼 반짝이며 날아오를 수 있을 텐데. 온갖 욕을 하며 찢긴 몸을 이끌고 뜨거운 화가 버짐처럼 돋아난다. 숨이 차 오르며 넘어지며 뒹굴며 절벽에 부서질 이름을 잡고 끙끙거린다.

배고픔만이 남은 좀비처럼 걸으며 피 냄새를 찾는다. 눈이 터질 듯 앞을 보며 휘청이는 팔을 물어뜯는다. 헐떡이는 심장이 마지막 힘을 내 소리친다. 불러라. 너의 이름. 그렇게 갖고 싶던 꿈의 이름을 스스로 불러라. 주문처럼 읊조려지는 신선한 길에 발을 다시 뗀다.

종이 인형은 공이 된다

눈을 뜨면 잘라질 운명이라는 것
밤새 싹둑 거리던 심장이 가리키는 곳
손가락 하나가 별처럼 허공에 박힌다
벌거벗은 종이들이 날리는 꽃가루처럼
거리에 날리는 인형들의 발길이 바쁘다

종이 인형들이 일렬로 정해진 결과처럼
줄을 서며 걷는 곳에 정적만이 흐른다
태어날 때부터 정해진 운명 같은 축제
꿈이 이미 정해진 편하고 게으른 광장

허공이 갈라져 비가 쏟아지고 뭉쳐진다
형형색색의 종이들이 하나의 색이 된다
비가 거셀수록 끈끈해진 점성이 뜨겁다
울렁울렁 거리는 별의 눈빛이 가리키는 것
거대한 공이 되어 움직이기 시작한다

꿈틀거린다.

커다란 뱀이 움직인다. 돋아난 비늘은 차가운 물결처럼 흐른다. 머리를 알 수 없는 계속 이어지는 몸통에 호기심을 느낀다. 오후 내내 뜨거운 커피를 마신다.

물처럼 파란색으로 젖고 서서히 스멀스멀 움직이는 저 거대한 뱀. 금세 멀리까지 움직인 뒤 드러난 허물 같은 갯벌이 듬성듬성 드러나면 붉은빛이 감돈다.

반짝이는 붉은 비늘이 돋아나며 출렁이는 몸이 빛에 반사되며 다가오는 어둠. 해가 완전히 질 때까지 몸을 천천히 움직이다 똬리를 푸는 듯 기지개를 하는 부릅 뜬 검은 눈동자.

머리를 들고 응시하는 눈빛에 바람까지 매섭다. 채 마시지 못한 식어버린 커피를 둔 것처럼 뱀은 날름거리는 혓바닥을 내밀며 밤의 바다를 게걸스럽게 꾸역꾸역 삼킨다.

뱀의 눈동자를 닮은 가슴이 요동친다. 꿈틀거리는 핏줄이 감고 올라오는 것은 어디에도 뱉어내지 못하고 삼킨 시간들. 인정할 수 없었던 저 검은 눈동자를 이제 응시한다.

시작

작은 설레임이 무서워 눈을 감으면 안돼

잘못된 길이 존재한다면 더 두근거릴까

아직 구겨진 몸처럼 시작은 물음표

버드나무잎들처럼 흔들리는 게 멋질거야

누구에게나 있는 떨림은 공기를 부수는

권투 선수의 한방인 것 같아

호흡이 빨라지다가 급격하게 느려지며

죄여 오는 보이지 않는 어퍼

흔들리지 않으려고 빳빳해질수록 죽은 것이잖아

더 많이 긴장하고 떨어줘

연신 달리는 너의 스텝으로 잽을 날려

별과 별

이뤄낼 것이 많은 가난함이 떨어지는 가을에 너의 눈을 보는 것이 좋아. 가진 것 없는 도로 한가운데에서도 망설임 없이 뛰어오는 너의 무모한 웃음은 익숙해지기 어려운 운명. 벗어나고 싶은 계단들에서도 가장 큰 계단에 너의 이름을 쓰고 가슴에 담고 다니는 오늘. 순수하게 빛나는 별이고 싶다.

줄 것 없는 가슴이라 투덜거리며 찡그리는 너를 따라 투덜거리는 하루를 보낸다. 양손에 든 치킨 봉지에 닭 다리 하나라도 숨겨야 할 탐욕의 식탁에 모든 것을 꺼내 놓으며 우는 너를 사랑한다. 몇 번이라도 뛰어넘을 수 있을 계단들과 차가 쌩쌩 다니는 도로를 미친개처럼 같이 뛰어갈 오늘. 거짓 없이 가난하다고 속삭이는 별을 갖고 싶다.

게임 같은 널 사랑해

네가 직장을 그만두고 난 죄인이 되었다

아버지를 닮은 너의 한 방은 오래된 전설 같다

너의 손을 잡고 걸으며 허전함에 얇은 커플링을 샀다

유전자처럼 내려오는 저주라도 해독약은 있다

잘되지 않길 바라는 힘든 레벨 업 같은 삶을 예고하듯

네가 직장을 그만두고 주식을 시작했고

너는 정말 잘 웃고 친절했다

초원에서 목검으로 몬스터를 사냥하고 잡템을 얻어 왔다

기타를 치라고 했다. 너는 기타를 쳤다

피아노를 배우라고 했다. 너는 피아노를 배웠다

아버지처럼 살 게 할 수는 없었다

너를 만난 지 얼마 안 되어 나에게 한 이야기를 생각했다

노년에는 바닷가 근처에서 기타를 치며 커피를 팔고 싶다고

너의 꿈이 내 꿈이 되고 너의 커피와 기타는 무기가 되었다

너는 저녁이면 지친 꿈처럼 안기고 나는 띄엄띄엄 속삭인다

나의 용사여!

사랑이라는 이름으로 맹세하나니

너의 모든 길을 함께 가겠노라

오늘도 괜찮아

부은 얼굴 같은 목소리는 괜찮아. 터져버린다는 건 살짝만 뜨거워도 괜찮아. 눈물이 난다는 건 또 잘 살고 있다는 마그마 같은 마음. 죽어버린 몇 가닥의 실핏줄 같은 상처는 흔한 발걸음이야. 아무것도 뿜어내지 못한다면 모두 굳어버린 쓰레기.

누구보다 뜨겁게 소리치면서 살아있다고 말하는 네가 좋아. 쿵쾅거리며 떨리는 너의 손은 심장과 이어진 길. 거대한 용암이 흐르는 동굴이 만들어지는 시작. 네가 만드는 모든 것은 자연스러워. 삼켜버린 시간만큼 흔들려도 돼. 새로워질 그 길 앞에 망설이는 너에게. 오늘도 괜찮아.

생일인 당신에게 아침이 말한다.

블라우스는 분홍색이면 좋겠다. 손 한 번만 뻗치면 부드럽고 달콤한 아이스크림 같은 실크 블라우스를 입을 수 있을 것 같다. 초록색 치마였으면 좋겠다. 너의 아침은 생각보다 길고 불안한 줄이 당겨지는 시작 같다. 피로하지 않은 폭신한 저 색을 두르고 바람에 날릴 때마다 풋풋한 풀 내음이 날린다면. 사랑스러운 리본이 달린 앞이 약간 뾰족한 구두면 좋겠다. 생일 케이크처럼 꽂혀진 촛불이 웃음에 넘실거리듯 걷는 발걸음에 설탕 같은 달콤함이 묻을 것 같다.

잡아주는 손 같은 따뜻함을 기대하기 어려운 너의 생일이 힘없이 꺼지면 연기처럼 슬며시 일어나는 마음의 가려움. 아직 아침인 걸 잊지 못하도록 그대에게 끝없이 환하고 눈부시게 빛나겠다. 그대의 몸에 상처 하나 없이 데일 수 없도록 따뜻하게. 그대의 걷는 앞길에 써진 축하 메시지처럼 눈부신 글들이 빛나게. 그 어떤 것보다 잊을 수 없는 아침이겠다.

너는 내게 흐른다

너의 침묵에도 너의 존재를 느끼듯

처음으로 자유롭게 숨을 뱉었다

더운 입김이 쏟아지는 열기에는 그림자가 길었다

따라다니는 눈동자가 뜬 휘어진 밤 모서리에 숨어도

유령처럼 보이지 않은 바람으로 너를 느낀다

돌아지지 않은 마음에 서둘러 매듭을 묶어도

흘러 내리는 것들은 흘러내리게 두어야 한다

밤은 지나고 지난다 여러 밤들이 지났고

아무리 가도 끝나지 않았던 결론은 처음부터 없다

달아오르는 아침의 열기에 빈 불이 켜진다

휘청거리는 내 그림자가 닿는 곳

숨어있는 모서리 사이에 핀 꽃들이 뿌리를 내리고

나는 혼자가 아님을 본능적으로 알 수 있다

나는 안전하다 누구보다

누구보다 뜨겁다

진해진 앞선 그림자

타는 태양의 냄새

빛이 많아

다칠 수 없고

실패한 한낮의

진동하는 태양

무거워

넘어질 수 없고

엄마의 백열등

동생의 가로등

당신이 모르는 별들처럼

한낮이 깊어지면

가슴에 맺히는 상

뜨거운 말이 쌓이는

당신의 광원체가 되고 싶다

여름. 아프리카

둥둥둥 북소리 같은 장마

초원에 가득찬 포효처럼

거친 바람에 실리는 야생의 냄새

어슬렁거리는 사자의 갈기처럼

자유로운 소리가

배를 움켜쥐고

처음인 것처럼 걸어라

오늘의 사냥이 실패해도

내일 다시 시작할 수 밖에 없듯

두려워 할 마음이 비에 떠 내려 보내고

마르고 단단한 땅의 주인으로

철의 꽃

무덤위에서

꺽인 곳에는 진물꽃이 핀다

상처를 받았다는 순간부터 온 힘을 다해 맺힌다

눈물이 떨어진 자리에는 퍼석한 꽃이 핀다

붉게 피어난 상처 자리를 기막히게 알고 있다

네 손에 가득한 상처에 핀 꽃들을 봤다

그래서 도망갈 수 없었다

사람들의 시선이 비껴가는 곳에서

꽃들을 피우고 꽃들을 죽였다

늘 봄인 우리에게도 계절이 시작됐다

시간이 흐르는 것이 고통스럽지 않다는 걸

죽은 꽃들의 무덤이 생기고 생겨서야 알았다

상처에 불꽃을 튕길 때 누구보다 단단하다

나의 광대에게

지겨운 춤을 추는 너에게 비는 친구. 양보할 수 없는 것이 있다면 지금이 기회. 똑같은 춤을 추는 너는 늘 뻔한 가로수. 가로수 잎 몇이 조금 떨어진다 해도 사람들은 알 수 없듯 너의 절망들이 멈출 수 없는 춤을 추게 한들 춤은 식어버린 웃음거리. 세차게 비가 내리면 작정하듯 또 똑같은 춤을 추고 괴상한 모습에 사람들의 시선이 멈춘다. 비를 맞는 사내가 저기에 있다. 이상한 춤을 추는 사내가 저기 있다. 너의 똑같은 춤이 누구나 피하고 싶은 비를 만나면 예술. 비를 맞은 너는 흠뻑 젖어 언제라도 똑같았던 춤을 추고 늘 같은 춤은 실수가 없다. 거들떠보지 않았던 사람들이 너의 손가락 하나하나까지 감탄을 내뱉고 웃는지 우는 지 모를 너의 표정을 눈을 비비며 뚫어지게 본다. 비에 일그러진 너의 표정이 만들어가는 식어버린 춤에 맺힌 빗방울 하나하나가 너를 더욱 차갑게 만들고 김이 서린 너의 몸에 피어난 자신감. 그칠 줄 모르는 비처럼 더 거칠게 움직이는 광대.

이벤트와 칼

기념일 이벤트를 위해 네가 만든 음악을 틀어 달라고 주절주절 설명을 하고 작은 배려로 너의 음악이 흐른다. 포실포실 막 삶아 나온 김을 담은 음악이 솟고 너는 입을 삐죽이며 사방을 훑는다. 너의 목소리가 작은 실내에 흐를 때 너는 분명 칼 한 자루를 받았을 거다. 허공에서 만들어진 날이 선 칼 한 자루가 손에 쥐어졌다. 강해진다는 건 나약한 것의 처절함. 폭풍우의 시작은 보이지 않았던 일도씨. 코웃음치며 찢은 종이가 돌아온다. 나즈막한 자세로 엎드리며 스멀스멀 피는 밤도 아닌 낮의 얼굴에 박힌 음표들이여. 사실 이 이벤트는 너의 피가 시작되는 첫 날. 오늘이 바로 새로운 피의 주인을 향하는 날. 칼을 가는 사각거림. 종이 한 장 같은 공기들이 썰어지는 이 시퍼런 차가움. 칼을 쥔 너의 이벤트는 이미 시작됐다.

소곤소곤

지금부터 잘 들어야 해

외롭겠지만 눈을 똑바로 떠야 해

남겨진 것을 찾으려 더듬거리는 손을 멈추자

기차를 타고 가는 길

장면장면 하나하나

우연이 아니라고 믿기 시작하면 심장의 길을 가는 것이다

끝없이 물으며 혼란스러운 질문에 답은 없다

이해할 수 없는 커다란 기차에 갇혀진 채

너는 미동도 없는 흡사 인형의 눈처럼 반짝이며

플라스틱처럼 딱딱하게 바짝 마른 눈을 찾는다

일그러지고 늘어진 색을 잃은 나무의 눈

거센 입김에도 끄덕이지 않은 너의 눈에 담아

끊임없이 흔들리고 날리는 저 몸을 찾아

혼란의 바람이 부는 지금을 이제 부시자

태양

원자가 초고온 상태에 문을 연다. 뜨거운 열기란 미풍 같은 것. 살갗이 타 들어가는 열기뿐인 곳에서 두리번거릴 여유 없는 시간과 마주친다. 숨이 끊어질 것 같은 고요함 속에 원자의 전자가 상처 난 딱지처럼 떨어져 나간다. 균형을 잃어버린 원자들이 소용돌이치는 곳에서 또 다른 자신을 만난다.

잃어버린다는 것은 뜨거운 초고온의 열을 막을 겨를 하나 없이 온몸으로 막아내는 것. 그리고 떨어진 것을 받아들인다는 것. 그것부터가 빛의 시작이다.

같은 양끼리 밀어야 하는 척력을 외로운 고함이 이겨낸다. 엉켜 붙어 서로를 부르는 마음이 더 악착같다. 무언가를 잃어버린 자의 도드라진 상처들은 같은 상처를 안는다. 조용한 위로의 약속이다.

우리는 서로가 어울리지 않을지도 모른다. 상처는 화상처럼 우리를 잇는다. 누구도 알 수 없었던 새로운 물질처럼 만들어 낸 위로. 무거웠던 아픔이 떨어져 나가 가벼운 우리는 빛이다. 우리는 열이다. 그것은 태양을 만들어 낸다. 태양이다.

소주 병처럼 깨진 어린 소녀의

날카로운 손톱이 주머니에 있다.

빠져버린 꿈의 흔적과 마주친다.

<마주친다>

내가 시의 주인공이라면

파람

나는 어려서부터 늘 자기소개가 어려웠다. 고심 끝에 재치 있게 나를 소개해 주변으로부터 환대를 받은 적도 있고, 순간의 말실수로 민망함에 숨고 싶었던 적도 있다. 어디까지 나를 소개해야 자기소개일까. 어느 순간부터 나는 말을 아꼈던 것 같다. 어차피 어떤 모습도 내 모습이 아닌 것 같다는 생각이 들었다. 그렇게 가면은 내게 익숙한 도구가 되었다. 이 상황에서는 이 가면을, 저 상황에서는 저 가면을. 마치 변검술을 펼치듯 이제는 익숙하다.

그동안 나는 많은 옷을 입었고, 많은 이야기를 접했고, 그럴수록 가면은 다양하고 두꺼워졌고, 나는 작아졌다. 모든 가면이 모두 나의 일부라는 어느 책 귀퉁이에서 읽었던 내용과는 다르게 나는 그 어디에서도 내 모습을 느끼기 어려웠다.

나중에 어떻게 살고 싶냐는 말에, 바닷가 근처에서 커피숍을 차리고 구석에 앉아 기타를 치고 싶다고 했다. 그렇게 말하고 나는 잊었는데, 너는 잊지 않았다.

기타를 치라고 했고, 나는 기타를 쳤다.

피아노를 배우라고 했고, 나는 피아노를 배웠다.

가면이 무거워 목이 굽었을 때, 너는 가면을 하나하나 벗겨냈고, 겁에 질린 채 한 달 치 약이 가득 담긴 약 봉투를 들고 나는 서 있었다. 이제 내 얼굴이 만져지는 것 같다.

나의 발은 너무 평평해서 나는 내 앞에 모든 걸 밟고 지나가야만 하는 사람이다. 미련하지만 나는 내가 직접 느낀 것들만 이해할 수 있다. 나는 지나온 길을 다시 돌아가고, 같은 길을 가도 멀리 돌아서 가야 한다. 그래야만 이 길이 어디로 가는지 알 수 있으니까. 누군가 왜 기껏 왔던 길을 다시 돌아가고 이상한 곳으로 가고 있느냐고 물으면 이제는 그저 담담하게 말한다. 아무래도 이게 내 길인 것 같다고. 그렇게 내 자기소개를 한다.

나에게 솔직해지는 것은 처절한 몸부림과도 같다. 결코 깨끗하지 않고, 아름답지 않고, 순수하지도 않다. 지옥이라는 말이 어울리지 않을 수가 없다. 누구나 다 외면하는데 그럼에도 이 지옥같은 마음을 더듬어가며 길을 찾아가는 맹인들을 나는 사랑하지 않을 수가 없다.

Photographer Kim Min Sung

만질 수 있는 시인

홀링

지난겨울 처음으로 만질 수 있는 시인을 만났다.

시인이 내게 가장 많이 하는 말은 "고생하셨어요."였다. 이 말을 처음 들은 날은 하루가 '고생'으로 정리될 만큼 고단하지 않았기 때문에 머쓱했다. 그러다 '고생하셨어요.'를 스무 번쯤 듣고 나서야 그것이 시인의 끝인사라는 걸 알았다. 으레 사람들이 헤어질 때, "안녕히 가세요.", "내일 만나요." 라고 인사하는 것처럼. 나는 조금 슬펐다. 어째서 이 사람의 인사말에는 고생이 들어갈까.

시인은 항상 검고 긴 생머리를 낭창하게 풀고, 자신보다 1.5배 큰 옷을 헐렁하게 걸쳐 입었다. 뭐든지 몸에 붙는 것이 싫어서 신발도 한두 치수 크게 신는다고 말했다. 아, 시인은 패션에도 철학이 있구나. 유행에 따라 대충 옷을 입어온 나는 속으로 감탄했다. 그러나 곁에서 보는 시인의 하루는 패션 철학과는 반대로 타이트해 보이기만 했다. 매일매일이 타이트해서 '고생하셨어요.'가 입에 붙은 사람. 고생하는 하루가 하루의 디폴트 값이 된 사람 같았다. 어쩌면 시인은 삶의 균형을 맞추기 위해 몸을 두르는 것만큼은 헐렁하기로 한 것일까.

시인은 늘 시를 쓰는 일 '외의 일'로 분주해 보인다. 차분히 앉아서 글을 쓰는 모습보다는 어딘가에 전화를 걸고, 받고, 행정업무에 가까워 보이는 뭔가를 해결하고, 서류 작업을 하는 모습을 더 자주 봤다. 시인은 대체 언제 시를 쓰는 걸까.

나는 내가 모르는 시간의 시인을 상상한다.

수업을 하는 시인, 수업에 늦지 않으려 택시를 잡는 시인, 택시미터기를 보며 다음에는 더 빨리 움직여야겠다고 생각하는 시인, 바쁜 일 때문에 수업 시간을 조정하는 시인, 슬픈 학부모의 연락에 응대하는 시인. 틈틈이 모임을 꾸리는 시인, 모임에 온 사람에게 마음 쓰는 시인. 마음을 쓰고, 시간을 쓰고, 몸을 쓰고, 자꾸만 시 외의 것들을 쓰는데 시간을 쓰고 마는 시인.
시인은 대체 언제 시를 쓰는 걸까.

그러다 시인의 시를 왕창 받았다. 만질 수 있는 시인의 만질 수 있는 시였다. 시인은 곧 묶어서 나오는 시집 끝에 나도 뭔가를 적어주면 좋을 것 같다고 했다. 나는 조용한 밤마다 색연필을 들고 꼼꼼하게 줄을 그어가며 그의 시들을 읽었다.
줄을 그은 부분들은 다시 소리 내어 읽어보기도 하고, 처음부터 여러 번 다시 읽었지만, 솔직히 그의 시 뒤에 내가 무엇을 이어 적을 수 있을지 모르겠다.

시인의 시에는 혼자 서 있을 수 없어서 사람을 만나고, 먼지투성이의 순한 웃음에서 솔직해지고, 모든 걸 모두 밟고 가야 마음에 시동이 걸리는 시인의 모습이 보인다. 쓰이지 않는 것이 못 견디게 슬퍼서 쓸모를 찾고야 마는 사람의 하루는 고단할 수밖에 없을 것이다.

이런 시인의 곁에서 나는 그저, 그의 타이트한 하루에 바람 빼는 농담이나 던지는 것이 전부지만, 언젠가는 말버릇처럼 건네는 시인의 끝인사가 "고생하셨어요."가 아닌, "내일 또 만나요."가 되었으면 좋겠다고 진심으로 생각했다.

필요한 시

이상은

나이에 대해서 부쩍 생각하는 시간이 많아졌다. 사람의 자연스러운 흐름을, 인간이 자신의 신체에 순응하는 자연스러움을 여러 경험으로 받아들이게 된 것이다.

타협이라기엔 뭐 하지만 어떤 변화들로 인해 섭섭함을 느끼는 일이 줄어들고 나니 조금은 무던한 인간이 됐다.

꿈을 말하는 사람이 많이 없다는 것 또한 어릴 때와 달라진 자연스러운 변화일까. 누군가에게 꿈이 무엇이냐고 묻는 다른 어른을 더 이상 찾아보기 힘들어졌고, 나 또한 그런 질문을 받는 일이 없었다가 어느 날 이지선 시인님으로부터 나의 꿈에 대해 질문을 받고 곰곰이 생각해 볼 기회가 생겼다. 지나고 보니 꿈이라는 단어는 그녀의 모든 역할을 설명하기 위해 꼭 필요한 단어였다.

나의 아버지는 내가 글 쓰는 사람이 되길 바란 적도 있었는데 글 쓰는 사람이 정의롭고 강하다고 생각해서였다. 내가 20대가 되고 다른 직업을 가졌을 때에도 술에 취한 새벽마다 소설 데미안의 한 구절을 말하며 내가 그런 멋진 글을 쓰는 이가 되는 즐거운 상상을 하곤 하셨다. 나는 그가 먼 여행을 떠날 때까지도 글 쓰는 직업을 갖지 못하고 디자이너가 됐지만 지금의 나 역시도 문학을 동경하고 많은 영향을 받으며 살고 있다. 나의 아버지가 그랬듯이 그 감동을 사랑하는 이들에게 나누는 일을 즐기게 된 것이다.

얼마 전 이지선 님의 시들을 편집할 일이 있어서 무심결에 읽다가 마음에 와닿는 시가 있어서 힘든 일을 겪고 있는 지인에게 그녀의 시를 읽어주고 위로를 전했다. 한 시간에 걸친 긴 긴 대화보다 짧은 문장들이 진심을 전하기에 더 효과적이었다. 그 순간 곁에 그녀의 시가 있어서 다행이라고 생각했다.

짧게나마 겪은 시인의 가치관대로 그녀의 시도 그렇게 살아가고 있는 것 같았다. 불행한 순간 사랑이 시작될 수 있다는 희망과 부조리한 상황에서도 잘 될 수 있다는 위로가 필요한 이들에게 상처를 대신 어루만져줄 수 있는 문장을 만들 수 있는 사람은 귀하다.

그래서 이 시집을 누구보다 기뻐하고 싶다.

이유가 없는 사랑이 최고의 사랑이라면

이 삶이 조롱당할 이유 또한 없지 않을까

절벽의 금마다 돋아난 풀을 잡고

부서진 상처를 디디며 누구보다 간절히 오르고 있다.

<이유없다>

밤은 깊어지고 잠들 수 없이 끝없이 펼쳐진

분노의 하늘에 휘갈긴 혓바닥으로 뱉는 독이 퍼진다.

숨 막히는 밤.

서로를 가슴 깊이 조이며 하얗게 질식된다.

<달이 뜬다>

알발리 시선집 – 01

내 마음이 지옥 같아서

초판 1쇄 발행 | 2023년 11월 1일

저자 | 이지선

편집 | 윤석우 · 이상은
출판 | 알발리 (ALBALI)
주소 | 인천광역시 중구 신포로39번길 10-9 (송학동3가)
전화 | 0507-1483-3441
메일 | albali.publisher@gmail.com
등록 | 제2023-000022호

ISBN 979-11-984566-1-8 (03810)
정가 13,000원

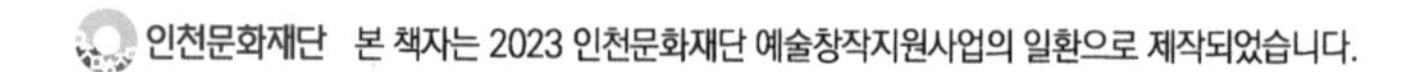
인천문화재단 본 책자는 2023 인천문화재단 예술창작지원사업의 일환으로 제작되었습니다.